*Gardinen aus Spucke in einem Fenster
aus Auge
Dadaismus aus Schwerin*

Robert Zobel

Gardinen aus Spucke in einem Fenster aus Auge

Dadaismus aus Schwerin

Bibliografische Information der Deutschen Nationalbibliothek
Die Deutsche Nationalbibliothek verzeichnet diese Publikation in der Deutschen Nationalbibliografie; detaillierte bibliografische Daten sind im Internet über http://dnb.d-nb.de abrufbar.

ISBN: 978-3-7693-0948-5

Copyright (2024) Robert Zobel
Verlag: BoD · Books on Demand GmbH,
In de Tarpen 42, 22848 Norderstedt
Druck: Libri Plureos GmbH, Friedensallee 273, 22763 Hamburg
Alle Rechte bei dem Autoren.

9,99 Euro

Vorwort

Dieses kleine Büchlein ist eine Einladung in die chaotischen und skurrilen Tiefen der menschlichen Vorstellungskraft. Hier begegnen wir Aalen, die wie Gedankenstränge durch die Strömungen des Unbekannten tanzen, und einem Reporter, der die Absurditäten des Lebens festhält, als wären sie flüchtige Träume in einem Zelt aus Zynismus. Die Texte sind nicht nur einfach Worte; sie sind Erkundungen des Unbegreiflichen, der Grenzen des Denkens und der Freiheit, die im Grotesken liegt.

In der Tradition des Dadaismus versammeln sich die Figuren und Geschichten hier, um das Gewöhnliche zu hinterfragen und das Absurde zu feiern. Dieses Büchlein lässt uns durch Fenster aus Augen blicken und mit Spucke gefüllte Gardinen schwingen, während es uns an die Bedeutung von Humor und Fantasie im Angesicht der Realität erinnert.

Jede Seite ist ein Sprungbrett in eine Welt, in der die Regeln des logischen Denkens außer Kraft gesetzt sind und die Freude an der Unordnung regiert. Lassen Sie sich von der Spritzigkeit und der Frechheit dieser Texte mitreißen, während sie die unerforschten Bereiche der menschlichen Existenz erkunden. Denn in dieser absurden Melange aus Worten und Bildern liegt die Freiheit, das Unmögliche zu träumen und das Gewöhnliche in etwas Außergewöhnliches zu verwandeln.

Bodo Flappen

Bodo Flappen, du seltsames Ding,
Mit deinem wackeligen Gang,
Wirst zur Frage, die im Raum schwingt,
Wie Fliegen im Wirbel, im Tanz des Drangs.

Ein Hut aus Pudding, der Schatten wirft,
Schwarz wie die Nacht, in die jeder schlüpft.
Du schreiender Fisch in der Suppe der Zeit,
Mit Flügeln aus Spaghetti, bereit zur Freiheit.

Die Welt ist ein Flickenteppich, zerfetzt und verbogen,
Wo Worte wie Luftballons aus dem Mund hochgezogen.
Bodo, du Flappen, sei unser Held,
Im Chaos der Träume, wo nichts zusammenhält.

Wie Anna, so Blume, du Blüten der Nacht,
In deinem Zickzack tanzen die Farben, so sacht.
Bodo Flappen, ein Flüstern, ein Klang,
In der dadaistischen Welle, ein nie endender Drang.

Das Schaf der Gedärme

Wumm, wumm! Wumm, wumm!
Schaf, oh Schaf,
das leise grunzt,
Fleisch in Fäden,
Eingeweide,
so laut, so seltsam.
Grrrr, krrr, plätsch, plätsch!
Das Gras ist ein Kranz,
verziert mit deinem
Glück und Leid,
gefräßig, fröhlich.
Kotze, schmatze!
Zähle die Schafe,
Schleimige Schnüre,
und wieder ein Biss!
O! O!
Kreislauf, Kreislauf,
unendlich, unbändig,
unser Lied!
Wumm, wumm! Wumm, wumm!
Die Welt dreht sich,
und das Schaf mit seinen
wurmigen Träumen,
verliert sich im Genuss,
Kauen, Kotzen, Kauen.
Höh, höh!
Die Farben tanzen,
das Gras singt,
und das Schaf,
oh du ewig bunter Geist,
werde nie müde!

Körperschwitzen im Schnee – Ein dadaistisches Manifest

In einer Welt aus schneebedeckten Kissen der Kälte, wo die Flöhe auf den Ziffern der Zeit tanzen, geschieht das Unvorstellbare: Der Körper beginnt zu schwitzen. Wie ein schmelzender Eisklotz im Wahn des Sommers, quillt die Feuchtigkeit hervor, während die Zähne klappern und der Schnee zum schmelzenden Marshmallow wird. Ein Paradoxon, das die Gesetze der Logik in einen Zirkus verwandelt, in dem der Zirkusdirektor ein krummes Lächeln trägt.

Ein Schwitzen im Schnee! Ein Fest für die Augen, ein Genuss für die Nasenhaare! Die weiße Pracht wird zur verschwitzten Umarmung, zur frostigen Umarmung, während die Welt mit Pudding und Heu bedeckt ist. Hier, im Herzen des winterlichen Chaos, schweben die Gedanken wie fliegende Fische, die in der Luft nach Wasser verlangen. Lachen, Quietschen und das Geräusch von zerknülltem Papier in einem Ozean aus Zuckerwatte.

Die Kälte beißt, aber das Schwitzen, oh das Schwitzen! Es ist ein wildes Feiern des Unnötigen, ein Tanz der Körperflüssigkeiten, die gegen die Schwerkraft der konventionellen Denkweisen rebellieren. „Wohin mit dem Schwitzen, wenn der Schnee ein Kühlschrank ist?" ruft ein imaginärer Philosoph aus, während er mit einer Zwiebel in der Hand auf einem Bein balanciert.

Und so schmelzen die Grenzen zwischen heiß und kalt, zwischen Verstand und Absurdität. Der Mensch, dieser wandelnde Wasserfall, ist nichts weiter als eine bewegliche Skulptur im Museum der Widersprüche, die mit einem schüchternen Grinsen auf dem fröstelnden Asphalt steht. Und wenn der letzte Frost sich in ein Lächeln verwandelt, wird das Schwitzen zur Hymne eines dadaistischen Traums, der durch die Straßen der Freiheit schwebt, während der Schnee leise in der Menge applaudiert.

Warum ich meiner Mutter nicht die Milch gegeben habe

In der Halluzination der blauen Kuh, wo die Gedanken wie fliegende Teppiche durch den Raum schwirren, sitze ich und grinse. Die Milch, die in einem Kännchen aus Kristall sprudelt, hat einen eigenen Willen, ein rebellischer Flüssigkeitsgeist, der im Kühlschrank an die Wände klopft. „Gib mich deiner Mutter!", schreit sie, während ich in einem Alptraum aus Zuckerguss und Mousse au Chocolat gefangen bin.
Aber warum? Warum nicht die Milch? Es ist die unendliche Frage im Labyrinth der Absurdität, wo jeder Schritt ein Tanz auf einem Regenbogen aus Spaghetti ist. Die Kuh, sie tanzt auch, in einem Rhythmus, der die Zeit auf den Kopf stellt, während die Uhren in Sirup ertrinken. „Nicht heute, Mutter!" rufe ich, während die Milch zu weinen beginnt, ein strahlendes Gesicht im Nebel der Verwirrung.
„Die Milch gehört mir!", brüllt die Absurdität, und ich lehne mich zurück, genieße den Schaum, der aus der Tasse überquillt. Ein Schwur der Freiheit, ein Pakt mit dem Unnötigen. Die Vögel singen Lieder, die nur ich hören kann, während die Kaffeetassen applaudieren und die Zuckerdosen in den Himmel zeigen. „Was wäre, wenn?", frage ich den Raum, und der Raum lacht zurück.
Und so, mit einem Hauch von Unvernunft und einer Prise verrückter Logik, bleibt die Milch im Kännchen, ein schüchterner Begleiter in der Symphonie der Dadaisten. Die Kühe im

Hintergrund lachen, während die Realität wie ein Witz in einem alten Buch endet. Warum ich meiner Mutter nicht die Milch gegeben habe? Vielleicht, weil das Leben eine Bühne ist, und ich der Komödiant in einem Stück voller Widersprüche, wo das Nonsens der Freiheit über die Melancholie des Pflichtgefühls triumphiert.

Sperma im Kondom ist Massenmord

In den windigen Hallen der absurden Philosophie, wo die Gedanken wie Konfetti durch die Luft wirbeln, erhebt sich die Behauptung: „Sperma im Kondom ist Massenmord." Ein Aufschrei, ein Freudenfest der Unvernunft, ein Blitz aus Zucker und Zynismus. Die kleinen Schwimmer, in den engen Wänden des Gummi gefangen, blicken auf und fragen: „Wo sind wir?"
Ein Kampf zwischen Freiheit und Zwängen, die Leidenschaft zwischen dem Drang und dem Verlangen. „Lasst uns tanzen!", ruft das Kondom, während die Zeit wie flüssige Schokolade verrinnt und die Angst in die Ecke geschoben wird. Jeder Tropfen, der nicht fließen darf, wird zur tragischen Hymne einer verlorenen Zukunft, in einem schimmernden Universum aus Träumen und Quatsch.
Hier, im Chaos der Moral, schreit die Scheinheiligkeit: „Massenmord!" und die Welt dreht sich weiter. Die Kühlschränke murmeln Geheimnisse, während die Gläser klirren und das Licht in Regenbogenfarben zerbricht. „Was bedeutet das alles?", frage ich den Kühlschrank, der mir antwortet: „Nichts und alles zugleich!"
So entfaltet sich das Kondom, ein kleines Museum der verlorenen Chancen, ein Aufbewahrungsort für Träume, die nie zur Realität wurden. Und in dieser verrückten Maschinerie des Lebens, wo der Zufall mit der Absicht spielt, wird jeder Gedanke zu einer Skulptur des Absurden, jeder Schrei zu einem Lächeln in der Dunkelheit.

Denn in der Welt des Dadaismus ist alles erlaubt, alles ist Kunst und alles ist Wahrheit – auch der verrückteste Gedanke, der uns daran erinnert, dass das Leben ein Spiel ist, in dem wir alle die Hauptrolle spielen, selbst im Schatten des Kondoms.

Dreibeinige Hunde gehören meist zu Frauen, die schnell altern

In einem Universum, wo die Zeit wie ein tollwütiger Pfau in schillernden Farben explodiert, präsentieren sich dreibeinige Hunde als die unglücklichen Überreste einer rationalen Welt. Sie humpeln stolz durch die Straßen, während ihre Besitzerinnen, Frauen, die in der Aufruhr des Lebens gefangen sind, an der vertikalen Wand der Vergänglichkeit kratzen. Die Absurdität dieses Anblicks zwingt uns, über die Natur der Existenz nachzudenken.
Könnte es sein, dass diese Hunde mehr sind als nur dreibeinige Begleiter? Sie tragen die Last der menschlichen Erfahrungen auf ihren schmalen Schultern – das Versagen, das Streben, die Hoffnung auf Jugend, die mit jedem Jahr in den Schatten der Realität rückt. Die Frauen, die sie führen, scheinen oft in einem Wettlauf gegen die Zeit gefangen, ihre Gesichter ein Kaleidoskop von Emotionen, die den Verlust und das Streben nach Schönheit spiegeln. Die Philosophie des Alterns wird in diesem absurden Theater zum Leitmotiv, das uns zwingt, die Relativität des Lebens zu akzeptieren.
„Was ist das Alter anderes als der Zustand des Seins?" könnte ein drolliger Dadaist fragen, während der dreibeinige Hund den Kopf schief legt. „Ein Wechselspiel zwischen dem Sichtbaren und dem Unsichtbaren, zwischen dem, was wir sind, und dem, was wir waren." Der Hund, mit seiner fehlenden Pfote, wird zum Symbol der Resilienz, des Kampfes gegen die Widrigkeiten,

während seine Besitzerin oft in der Ironie gefangen ist, dass sie, je schneller sie versuchen, dem Alter zu entkommen, desto greifbarer wird es.

Es ist, als ob das Universum uns mit diesen Hunden anstarrt und sagt: „Akzeptiere die Unvollkommenheit!" In einer Welt, die Perfektion anbetet, ist der dreibeinige Hund das unvollendete Meisterwerk, das uns an die Unbeständigkeit unseres Daseins erinnert. Die philosophische Frage, die hier mitschwingt, lautet: Was bedeutet es, zu leben, wenn selbst unsere tierischen Begleiter die Unvollkommenheit tragen?

Und so treffen wir auf die schmerzliche, aber komische Erkenntnis, dass in der Verbindung zwischen diesen Frauen und ihren dreibeinigen Hunden eine Form der Schönheit existiert, die über das Physische hinausgeht. Es ist ein Tanz im Schatten der Zeit, ein Lächeln im Angesicht des unvermeidlichen Verfalls. Denn letztlich ist das Leben ein Theaterstück, in dem jeder Charakter, egal wie unvollkommen, seine eigene Rolle spielt – und vielleicht ist es genau das, was uns am Leben hält: die Freude an der Absurdität und die Akzeptanz des Unvollkommenen.

Der Zuhälter aus Bobitz verkauft seine Ausrüstung

In den schummrigen Gassen von Bobitz, wo die Schatten mit Geschichten gefüllt sind, die sich nur im Flüsterton erzählen lassen, erhebt sich der Zuhälter mit einer Aura von müder Eleganz. Er bietet seine Ausrüstung zum Verkauf an – nicht die offensichtliche, sondern die unsichtbare Last, die er durch die Straßen schleift. Ein Koffer voller Erinnerungen, eine Sammlung von verlorenen Träumen, die in den Falten seiner abgetragenen Anzüge verborgen sind.
„Kommen Sie, kommen Sie!", ruft er mit einer Stimme, die die Melodie der Verführung und der Bedrohung gleichzeitig trägt. Die Menschen um ihn herum, gleichgültig und doch neugierig, fragen sich, was er anbietet: die Requisiten einer Existenz, die zwischen Licht und Dunkelheit schwankt. „Die Zigaretten der Einsamkeit! Die Parfüms der Hoffnungslosigkeit!"
Er präsentiert seine Ware: eine bunte Palette von Abgestoßenem und Vergessenem. Ein verkrümmter Gehstock, der einst den Gang eines Königreichs trug; eine vergilbte Visitenkarte, die nach der ersten Begegnung im Staub der Enttäuschung liegt. „Jeder Artikel erzählt eine Geschichte", murmelt er, während er die Träume anderer wie Spielkarten mischt.
Doch was bedeutet es, seine Ausrüstung zu verkaufen? Ist es ein Akt der Befreiung oder des endgültigen Versagens? Hier, wo die Realität wie ein schlüpfriger Schatten ist, verschmelzen die Fragen mit der Absurdität. Die Philosophie des Zuhälters wird zur Metapher für die

Unzulänglichkeit des menschlichen Strebens, während die Menschen am Straßenrand beobachten, wie die Grenzen zwischen Gut und Böse sich aufzulösen scheinen.

In dieser dadaistischen Szenerie wird der Zuhälter zu einem tragischen Helden, der mit einem Lächeln und einem Seufzer von seinen Abenteuern erzählt. Sein Verkauf ist mehr als ein Geschäft – es ist ein letztes Aufbäumen im Angesicht der Vergänglichkeit, eine Vorstellung davon, dass alles, was wir besitzen, nur vorübergehende Illusionen sind, die darauf warten, in den Nebeln der Zeit verloren zu gehen.

Dadaistischer Dialog zwischen einem Augenoptiker aus Schwerin und einem Fleischer

Augenoptiker: *Schau mal! Die Welt verschwimmt wie ein frisch gebrühter Kaffee! Wo sind meine Gläser?*

Fleischer: *Gläser? Ich habe nur Wurst und die besten Schnitzel! Schau dir die Rinderaugen an – sie sehen mehr als deine Brille!*

Augenoptiker: *Rinderaugen, das ist schon ein Blick auf die Realität! Aber sag, was machst du, wenn die Wurst selbst anfängt zu träumen?*

Fleischer: *Dann schneide ich sie in Scheiben und verwandle ihre Träume in frische Häppchen!*

Augenoptiker: *Ein Fest für die Augen und den Gaumen! Vielleicht sollten wir eine Brille für die Wurst entwerfen?*

Fleischer: *Warum nicht? Eine Brille für die Wahrheit der Rinder! Wurst mit Durchblick – so würde sie glänzen!*

Augenoptiker: *Und wenn die Kunden kommen? „Ich sehe die Wurst, aber sie sieht mich nicht!"*

Fleischer: *„Verkleide dich als Salami und alles wird klar!" rufen sie dann, während sie in die Zukunft beißen!*

Augenoptiker: *Zukunft, Vergangenheit – alles ist ein Stück Wurst im Dada-Zirkus! Und wer weiß, vielleicht tanzt das Gemüse im Hintergrund?*

Fleischer: *Das Gemüse? Ich bringe es in die Metzgerei und mache ein Komplott gegen die Obstbäuerinnen!*

Augenoptiker: *Ein Komplott im Kaleidoskop der Geschmäcker! Lass uns die Gläser tauschen und die Wurst braten!*

Fleischer: *Einverstanden! Auf die Gläser, die uns die Wahrheit zeigen! Und auf die Wurst, die uns die Freiheit gibt!*

Gardinen aus Spucke in einem Fenster aus Auge

In einem Raum voller Illusionen, wo die Wände wie Wassertropfen zerrinnen und die Luft nach gerösteten Träumen riecht, hängen Gardinen aus Spucke in einem Fenster, das aus einem Auge besteht. Das Licht bricht sich in schillernden Farben, während die Tropfen der Sehnsucht wie Perlen in der Luft tanzen. Jeder Blick durch das Fenster enthüllt die Absurdität der Welt – ein Kaleidoskop von gefrorenen Momenten, in denen die Zeit mit der Zunge der Erinnerung spielt.
„Schau", sagt der Hausbesitzer, „wie die Gardinen die Tränen der Freude fangen!" Spucke, ein simples Element des Lebens, wird hier zum Stoff der Träume, während die Augen des Fensters blinzeln und sich auf die vorbeiziehenden Gedanken konzentrieren. „Komm näher, der Blick ist klarer als die Realität!"
Die Fensterläden klappern im Wind der Absurdität, während die Gardinen im Takt der Unsichtbaren schwingen. „Lass uns die Welt drinnen und draußen vermischen", ruft er, „denn das Leben ist nur ein großes Theaterstück, und jeder von uns spielt eine Rolle im Stück der Verdrehungen!"
So wird die Spucke zum Symbol der Vergänglichkeit, die Gardinen verbergen das Sichtbare und das Unsichtbare umarmen sich in einem Tanz, der die Grenzen der Wahrnehmung sprengt. In dieser surrealen Szenerie, wo die Absurdität regiert und das Gewöhnliche zur Kunst wird, erkennen wir, dass jeder Blick aus dem

Fenster uns ein Stück näher zu uns selbst bringt – durch die dünnen Vorhänge aus Erinnerungen und Sehnsüchten, die das Leben ausmachen.

Voran erkennt man das Erkennen?

In der Abgeschiedenheit einer verwirrten Psyche, wo die Gedanken wie scharfe Klingen durch den Nebel schneiden, stellt sich die Frage: Voran erkennt man das Erkennen? Ein Wort, ein Satz – sie zerfallen zu Staub in der grauen Schale eines überreif gewordenen Absurditätsfruchtbaums. Hier, im Theater des Lebens, klatschen die Zuschauer in der Dunkelheit, während die Bühne aus verschlungenen Zungen und schreienden Wolken besteht.
Ein schwarzer Hund mit drei Beinen und einem Auge hat das Publikum im Griff. Er heult den Mond an, während sein Körper rhythmisch zuckt und in einem Scherbenhaufen aus Erinnerungen tanzt. „Erkennen ist das Erkennen des Erkennens", schnaubt er, während der Hund einen schimmernden Gedanken an einen abgerissenen Kopf mit einem Lächeln trägt.
Der Zirkus der Unsinnigkeit wird lebendig, wenn die klugen Männer in Anzügen mit ausladenden Krawatten durch die Reihen schlendern. „Die Wahrheit ist ein Witz", murmeln sie, „und wir sind die Komiker, die das Publikum an den Rand des Verstandes treiben!" Währenddessen zerplatzen die Luftballons voller Angst, die die Hoffnung

gefangen hielten, und das Lachen wird zum Kreischen.
Hier, im Schatten des Erkenntnisses, gleiten wir über den Rand der Realität, wo die Gardinen aus Spucke die Fenster des Auges umhüllen. „Voran erkennt man das Erkennen?", fragt ein Skelett, das nach der letzten Erleuchtung greift. „Es ist die Maske, die du trägst, die dich blind macht!"
In diesem Chaos aus Gedanken und Geistern blühen die absurden Fragen wie ungeschnittene Blumen in einer Kiste aus Eisen. Der Wahnsinn tanzt, und die Antworten verblassen in der Luft wie der Dampf einer vergessenen Tasse Tee. Und so bleibt die Frage im Raum hängen, schwebend und unverständlich, ein Lachen in der Dunkelheit, ein Echo der Absurdität, das uns daran erinnert, dass das Erkennen selbst ein schreckliches Vergnügen ist.

Reporter von der SVZ

In den verworrenen Gassen der Realität, wo die Worte wie rasende Ratten umherhuschen, taucht der Reporter von der SVZ auf, ein Chronist des Absurden, mit einem Notizblock aus Pudding und einem Stift aus Wurst. Er trägt einen Hut aus Zeitungsseiten, die Geschichten erzählen, die niemand lesen will, und sein Blick ist scharf wie ein Zeltpflock in der Dunkelheit der Ignoranz.
„Hier ist das Geschehen!", ruft er und stoppt vor einem Fenstersims, der aus gesichtslosen Gesichtern besteht. „Was haben wir heute? Eine Entdeckung der Untergangsfreude oder die Offenbarung des Alltagswahnsinns?" Seine Fragen fliegen wie Zirkusäffchen durch die Luft, während er in das Chaos der Stadt eintaucht.
Mit jedem Schritt zeichnet er die Unzulänglichkeiten der Menschen auf – ein lächelnder Versager hier, ein weinendes Genie dort. „Berichten! Berichten!" grölt er in die Nacht, während die Häuser ihm Geheimnisse zuflüstern, die in die Schranken der Blödheit zurückgestoßen werden. „Ich habe die Wahrheit gefunden! Sie trägt einen Hut aus Gummi und tanzt auf dem Tisch des Lebens!"
Sein Stift kritzelt die absurden Geschichten, die der Alltag gebiert. Von der sprechenden Wurst im Kühlschrank bis zum tanzenden Fliesenleger, der die Wände mit der Melodie der Irren bemalt. „Die Welt ist ein riesiger Keks", murmelt er, „und ich bin der Krümel, der die ungeschriebenen Seiten der Geschichte füllt!"

Und so springt er von einem Ereignis zum nächsten, ein Akrobat im Zirkus der Nachrichten, während der schaumige Kaffee der Realität überläuft und die Tassen der Konventionen zerplatzen. Der Reporter von der SVZ, der die Absurdität des Lebens in bunten Farben skizziert, bleibt eine unaufhörliche Stimme in einem Konzert der Dadaisten, ein Schrei der Verwirrung, der die Wahrheit des Lebens in einer Tasse Spaghetti serviert.

Ich bau aus einem Roboter aus Menschen

In der schimmernden Laborküche der Absurdität, wo die Becher aus zerbrochenen Träumen bestehen und die Mikroskope mit dem Blut von Experimenten gefüllt sind, kommt der Wissenschaftler mit einem schiefen Grinsen in den Raum. „Ich baue einen Roboter aus Menschen!", ruft er, während die Finger blutige Spuren auf dem Tisch hinterlassen und die Maschinen um ihn herum singen wie betrunkene Opernsänger.
Die Körperteile liegen verstreut wie unglückliche Spielzeuge auf dem Boden – ein Arm hier, ein Kopf dort, und jeder Teil flüstert seine eigenen Geheimnisse, während sie in einen unordentlichen Haufen von Fleisch und Metall eingefügt werden. „Höher, schneller, blutiger!" fordert er, während er mit einer Zange am Herz des Roboters herumbastelt und der Puls der erschaffenen Kreatur wie ein verzweifeltes Trommeln erklingt.
Die mechanischen Teile quieken und quietschen, während der Wissenschaftler mit einer Spritze voll roter Flüssigkeit an das Metall herantritt. „Ein bisschen von dir, ein bisschen von mir – das ist die Magie der Mechanik!" Lachen und Schreien vermischen sich, während der Roboter zum Leben erwacht, seine Augen blitzen in einem kaleidoskopischen Horror.
Die Lichter blitzen und das Blut spritzt – ein Splatterfilm, der die Wände besudelt und die Gesetze der Logik in Stücke reißt. „Wo ist der Verstand?" fragt der Roboter mit einer Stimme,

die aus der Tiefe der Verwüstung schallt. „Was ist das für ein Wahnsinn, in dem ich lebe?"
„Das ist die Wissenschaft, mein Freund!", erwidert der verrückte Wissenschaftler und tanzt im Zickzack zwischen den Überresten. „Wir sind hier, um die Grenzen zu sprengen, um den Wahnsinn zu feiern und um neue Welten aus Fleisch und Zahnrädern zu schaffen!"
Und so entsteht der Roboter aus Menschen, ein groteskes, blutiges Kunstwerk, das die Absurdität der menschlichen Existenz verkörpert. Jeder Schrei, jedes Schluchzen und jede Geduld wird in der Hölle des Labors verewigt – eine bizarre Hommage an die mechanische und wissenschaftliche Faszination, die das Leben selbst in einen Albtraum verwandelt.

Aale

In den dunklen Wassern schlängeln sich die Aale, schillernde Schatten, die durch die Strömungen des Unbegreiflichen tanzen. Ihre Körper sind wie schlüpfrige Gedanken, die sich aus den Netzen der Logik winden, während sie durch die tiefsten Tiefen des Unbewussten gleiten. „Hau rein, bevor sie entwischen!", ruft der Fischer mit einem Grinsen, das sowohl Freude als auch Wahnsinn verspricht.

In einem Zelt aus Zynismus und Wasserfarben jongliert er mit den Aalen, die sich wie schmelzende Uhren an seinen Händen festklammern. „Hast du je einen Aal gebissen?", fragt er, und beißt gleich darauf selbst in einen, als wäre es ein Stück der Realität, das er kontrollieren kann. Das Blut spritzt, die Aale zucken und der Wahnsinn entfaltet sich wie ein Teppich voller Fehler und Missgeschicke.

„Aale sind das Flüstern der Flüsse!", verkündet der Magier des Unbegreiflichen, während er mit dem Kopf in einem Eimer voll Wasser steckt. „Sie tragen die Geheimnisse des Wassers in ihren Gliedern!" Hier, in der Melange aus Fleisch und Fantasie, verschwimmen die Grenzen zwischen Fisch und Mensch, während die Aale in den Gedanken der Menschen umherwinden – immer hungrig nach dem nächsten großen Gedanken, dem nächsten absurden Abenteuer.

So wird der Aal zum Symbol für das Unbekannte, das Schleimige, das stets im Schatten der Logik lauert. In einer Welt, in der das Unmögliche

möglich wird, tanzen die Aale – die
schimmernden Botschafter des Unbegreiflichen.

Milton Keynes UK
Ingram Content Group UK Ltd.
UKHW041942131124
451149UK00005B/449